Collection D. BOUILLARD

ESTAMPES

ANCIENNES

DE TOUTES LES ECOLES

PIÈCES EN COULEUR

EAUX-FORTES ET LITHOGRAPHIE

DES MAITRES

DE L'ÉCOLE MODERNE

Vente les Vendredi 27 et Samedi 28 Mars 1874

Mᵉ DELBERGUE-CORMONT	**M. LOIZELET**
COMMIS.E-PRISEUR	MARCHAND D'ESTAMPES
Rue de Provence, 8.	Rue des Beaux-Arts, 12.

PARIS — 1874

V^{es} RENOU, MAULDE ET COCK

IMPRIMEURS DE LA COMPAGNIE DES COMMISSAIRES-PRISEURS

Rue de Rivoli, 144.

Collection D. BOUILLARD

ESTAMPES

ANCIENNES

Des Écoles Allemande, Espagnole, Flamande, Française
Hollandaise et Italienne

ÉCOLE FRANÇAISE DU XVIIIᵉ SIÈCLE

PIÈCES EN COULEUR

PAR

DEBUCOURT, DEMARTEAU, JANINET, ETC

EAUX-FORTES ET LITHOGRAPHIES

DE L'ÉCOLE MODERNE

PAR

Bracquemond, Charlet, Daubigny, Decamps, Delacroix
Gavarni, Ingres, Ch. Jacque, de Lemud, E. Le Roux, Meissonnier, Ch. Meryon
J.-F. Millet, Mouilleron, Raffet, etc.

DONT LA VENTE AUX ENCHÈRES PUBLIQUES AURA LIEU

HOTEL DES COMMISSAIRES - PRISEURS

RUE DROUOT, 5, SALLE Nᵒ 7, AU PREMIER ÉTAGE

Les Vendredi 27 et Samedi 28 Mars 1874

A UNE HEURE

Mᵉ DELBERGUE-CORMONT, Commissaire-Priseur,
rue de Provence, 8,
Assisté de M. LOIZELET, Marchand d'Estampes
rue des Beaux-Arts, 12.

PARIS — 1874

ORDRE DES VACATIONS

L'ordre du Catalogue sera suivi.

PREMIÈRE VACATION
Le Vendredi 27 Mars . . . .   1 à 210

DEUXIÈME VACATION
Le Samedi 28 Mars . . . .   211 à la fin.

CONDITIONS DE LA VENTE

Elle sera faite au comptant.

Les Acquéreurs paieront, en sus du prix d'adjudication, CINQ POUR CENT, applicables aux frais.

M. LOIZELET, dirigeant la vente, se charge des Commissions.

DÉSIGNATION

1 **Aldegrever** (Henri). Un Homme embrassant sa dame (B. 151). Très-belle ép.

2 **Anselin**. Le poëte Anacréon, d'après Restout. Très-belle ép., avant la lettre.

3 **Artiste** (L') et autres publications. 42 pièces à l'eau-forte et au burin.

4 **Aubry-Lecomte**. Une Pensée. — Une Famille malheureuse. — Marguerite. — La Vierge. — L'Étude guide l'essor du Génie. — Les Vendanges. — Le Triomphe de Vénus. — Ces 7 pièces, d'après Prud'hon, sont du 1er tirage. Laurent de Médicis. — La Paix du ménage. — La Toilette du soir. En tout 10 pièces.

5 — Joconde, d'après Léonard de Vinci. Superbe épr. sur chine. *Encadrée.*

6 **Bartolozzi**. Sapho. — Vénus sur une coquille, entourée d'Amours. — Le Premier né. — Le Désir, etc. 5 pièces.

7 **Baudouin**. Le Curieux, par Maleuvre. Très-belle ép.

8 **Beauvarlet**. Diane et Actéon, d'après Rottenhamer. Très-belle épr., rognée au trait carré.

9 **Béga** (Corneille). Le Paysan au chapeau bas (B. 17). — La jeune Cabaretière caressée (34). 2 pièces. Très-belles épr.

10 **Béham** (H. S.). Adam et Ève (B. 6). Bonne épr.

11 — Les Travaux d'Hercule. 4 pièces. — *A ce plaisir, j'ay aussi mon désir*, copie du numéro 176 de B.). 5 pièces.

12 **Belle** (Steph. de la). Sujets de bataille. 4 pièces.

13 **Benoist**. Portrait de Rubens, avant la lettre. — Nicolas Poussin, par Odieuvre. — Simon Vouet, par Petit. 3 pièces.

14 **Bérain** (Jean). Panneaux d'arabesques, voitures, cheminées, etc. 20 pièces.

15 **Bodmer** (Karl). Le Cerf et la Biche. — Les Faisans. Très-belles épr. à l'eau-forte. 2 pièces.

16 **Boissieu** (J.-J. de). Son portrait. — La Leçon de botanique. — Peintre peignant un vieillard. — Un Homme à cheval : un rustre et deux vaches passant à gué une rivière. 4 pièces.

17 **Bonasone** (Jules). Deux Satyres amenant au roi Midas, Silène, qui s'était égaré (B. 89). Bacchus couché sur un char traîné par des tigres (90). 2 pièces. Très-belles épr.

18 **Borel** et **Lefebvre**. Suite de 8 Portraits et 3 Vignettes, pour le Charles IX de Chénier; on y a ajouté les 3 vignettes avant la lettre, et le portrait de Louis XVI. 15 pièces, *Extrêmement rare.*

19 **Bosse** (Abraham). Le Sculpteur. — Le Graveur.
2 pièces.

20 **Both** (Jean). Les Cinq Sens, d'après A. Both. —
Le Charlatan, par Dietrich. 7 pièces.

21 — Deux Paysages en hauteur. — Deux Paysages
en travers. 4 pièces.

22 **Boucher** (D'après F.). Le Trait dangereux, par
Poletnich. Très-belle épr.

23 — Vénus et l'Amour endormis, par Aubert. —
Vénus debout, vue de dos, et l'Amour. 2 pièces.

24 — Vénus se préparant pour le Jugement de
Pâris, par de Lorraine. Épr. tirée en rouge. —
Les Bacchantes endormies, par Gaillard.
2 pièces.

25 — Pan et Syrinx, par P. Martenasie. — Jupiter
et Calisto, par Gaillard. 2 pièces.

26 — Diane et Actéon, par Beauvarlet. Très-belle
épr., avant toutes lettres.

27 — La belle Cuisinière, par Aveline. — Pensent-
ils au raisin, par Le Bas. — 2e Vue des Environs
de Charenton, par le même. 3 pièces.

28 — Sujets familiers, galants, costumes, etc.
29 pièces.

29 **Bourdon** (Sébastien). L'Enfant Jésus foulant
aux pieds le Péché (R. D. 16). 2 exemplaires du
2e état.

30 **Bracquemond**. Le Haut d'un battant de
porte. Très-belle épr. de cette superbe et rare
eau-forte.

31 — Margot la Critique. Très-belle épr.

32 — Les Canards. Épreuve d'artiste.

33 — Le Canard. Journal. Publié par l'Artiste. Très-belle épr.

34 — Paysage, à la droite duquel on voit deux femmes, dont une assise, et dans la marge une tête de chien. — Sarcelles. — Femme en costume de bal, d'après Baron. 3 pièces.

35 **Brebiette** (Pierre). Bon Temps; eau-forte originale. Très-belle épr.

36 **Bruggen** (Jean Van der). Paysans et soldat jouant aux cartes et buvant, à la manière noire.

37 **Bruggen** (Jean Van). L'Arracheur de dents, d'après D. Téniers. Très-belle épr., gravée à la manière noire.

38 **Bry** (J.-Th. de). Le Triomphe de Bacchus (Le Bl. 16). Très-belle épr., collée en plein.

39 — Le Triomphe de la Mort (98). Très-belle épr.

40 — La Fête de village (99). Très-belle épr., collée en plein.

41 — Armoiries avec entourages. 15 pièces.

42 **Cabinet** (Le) des Beaux-Arts ou Recueil d'estampes gravées, d'après les tableaux d'un plafond où les Beaux-Arts sont représentés, avec l'explication de ces mêmes tableaux. Paris, 1690. Recueil contenant 12 planches et le front. grand in-4 oblong.

43 **Calame** (A.). Paysages gravés à l'eau-forte. 1844-1845. 3 pièces en hauteur.

44 **Callot** (Jacques). Son portrait, par Michel Lasne.

45 — Les Bohémiens (M. 667-670). Suite de 4 pièces. Belles épr. du 2ᵉ état.

46 — Les deux grandes Vues de Paris (713-714).
2 pièces. Belles épr.

47 — La Tentation de saint Antoine. — Les deux
Pantalons, etc. 7 pièces.

48 **Canaletti** (Ant.). Vues de Venise, recueil de
30 planches et le frontispice. 1 vol. cart. gr.
in-fol.

49 — Vues de Venise. 2 pièces in-4 en travers.
Très-belles épr. avant les numéros.

50 **Cars** (Laurent). *Mortels, fuiez loin de ces lieux...*
d'après Lemoine. Très-belle épr.

51 **Chapelin** (D'après Ch.). Les Colombes. — Le
Boudoir, par Durand. 2 pièces. Très-belles épr.

52 **Chaponnier** (Alexandre). Le Prélude de Nina,
d'après Louis Boilly. Très-belle épr. avant la
lettre.

53 **Chardin** (J.-B.-S.). *Sans soucis, sans chagrins,*
etc. — Le Château de cartes. — Le Bénédicité.
— La Maîtresse d'école. — Dame prenant son
thé. 5 pièces. Très-belles épr.

54 **Charlet.** Que dit-on? — On dit.. — On ne dit
rien. — Il faut en rire. — Ils s'en vont. — Dissi-
mulation. — Paye et tais-toi. — *1re idée de* : Je
puis mourir maintenant, j'ai vu mon drapeau.
9 pièces rares.

55 — Lithographies appartenant à différentes
suites. 178 pièces. Formera 10 lots.

56 **Charlet**, Raffet et H. Vernet. Lithographies et
eaux-fortes. 22 pièces.

57 — Decamps, Raffet, Tony-Johannot. Vignettes in-12 sur chine, pour les chansons de Béranger. 24 pièces.

58 **Chasse** (La) aux larrons, ou établissement de la Chambre de Justice, par Jean Bourgoin. A Paris, 1625. Fig. sur le titre, gr. in-4.

59 **Chevery**. Les Plaisirs nocturnes.— La Vertu surprise, d'après Monnet. 2 pièces.

60 **Chevillet**. L'Amour maternel, d'après Peters; autre, rognée au trait carré. 2 pièces.

61 **Chodoviecki**. Suite complète de 9 vignettes pour le Mariage de Figaro. On y a joint le portrait de Beaumarchais, avant la lettre.

62 **Copia**. Cérès, d'après Prud'hon. Très-belle épr., avant la lettre.

63 **Coypel** (A.). L'Amour ramoneur. —Démocrite. 2 pièces. Très-belles épr.

64 **Cranach** (Lucas). Le Jugement de Pâris (B. 114). Très-belle épr.

65 **Dado** dit le Maître au Dé. La Victoire de Scipion sur Syphax (B. 73). Très-belle épr. du 1er état, avant *Sumptum, etc.*

66 — Sacrifice de Priape (B. 27). Copie en contre-partie. Très-belle épr. du 2ᵉ état.

67 **Dalen** (C. Van). La Vierge donnant le sein à l'Enfant Jésus, d'après Flinck. Très-belle épr.

68 **Daubigny** (Charles). Son portrait à l'eau-forte, par Bracquemond. Très-belle épr.

69 — Le Guet du chien. — Le Jardin d'hiver. —
Le Printemps. — Divers Vues et Paysages à
l'eau-forte, la plupart en épreuves d'artistes et
avant la lettre. 11 pièces.

70 **Daullé** (J.). Mme Favart, rôle de Bastienne,
d'après C. Vanloo. Très-belle épr.

71 **Daumier** (Henri). Rue Transnonain, le
15 avril 1834. Très-belle ép. de cette superbe
lithographie. Rare.

72 **Debucourt** (P.-L.). L'Orange. — Les Visites.
Très-belles ép., manquant de fraîcheur, deux
pièces.

73 — Les Aveugles ; en couleur. — Le Jour de
barbe d'un charbonnier ; en noir. 2 pièces d'ap.
C. Vernet.

74 **Debucourt** (D'après). Réception du décret
18 floréal, par Aug. Legrand. Très-belle ép.

75 **Decamps** (Alex.-Gabriel). Les Anes sous le
toit. Très-belle ép.

76 — Corps de garde turc. Très-belle ép.

77 — Arrêt de la cour prévotale. — Croquis divers. 16 pièces lithographiées. Très-belles et
anciennes ép.

78 **Decamps** (D'après). Le Singe peintre, par Soulange-Teissier. Très-belle ép.

79 — Les Bohémiens. — Les Baigneuses. — Ja-
nissaires. — Corps de garde. — Le Cocher, etc.
7 pièces lithographiées, par Français et Eug.
Le Roux.

80 — Les Singes musiciens. — Le Singe cuisinier,
par Prevost. 2 pièces avant la lettre.

81 — Son portrait. — Le Chasseur. — Samson tuant les Philistins. — Le Garde-Chasse. — Le Boudoir. — Don Quichotte. — Sancho, etc. 12 pièces, gravées et lithographiées.

82 **Delacroix** (Eug.). Tigre couché dans le désert, à l'eau-forte. Très-belle ép. du 1er état. Avant le nom de *Eug. Delacroix* et l'adresse de *Picot, rue du Coq*, 2. Très-rare.

83 — La même, avec le nom et l'adresse. Très-belle ép.

84 — Hamlet, acte V, scène 1re. — Jane Shore, acte V, scène 11. 2 pièces.

85 — Après le duel : *Ah je meurs Horatio!*... — Faust et Marguerite, 2 pièces; en tout 3 pièces.

86 — Lion dévorant un Cheval. Très-belle ép.

87 **Delacroix** (D'après). La Barque de Dante, par d'Henriet. Très-belle ép.

88 — La Liberté, par Mouilleron. Très-belle ép. Rare.

89 — La Barque de Dante. — La Mort du Brigand. — Hamlet. — Roméo et Juliette, etc. 7 pièces gravées et lithographiées.

90 **Delaune** (Étienne). Latone (R. D. 133). — Appollon et le Serpent Python (134). — Combat d'Achille et d'Hector (262). — Trajan combattant contre les Daces (305). — L'Automne, par Virgile Solis (B. 131). 5 pièces.

91 **Demarne.** Paysages et Sujets familiers. 12 pièces

92 **Demarteau**. Vénus endormie. — Femme, vue de dos, portant un panier sur la tête. 2 pièces à la sanguine.

93 — Vénus et les Amours, d'après Boucher. — Le Repos du Chasseur, d'après Huet. 2 pièces aux deux crayons.

94 — Compositions à la sanguine et aux deux crayons, d'après Boucher. 17 pièces.

95 — Etudes de Têtes et Compositions en noir et à la sanguine. 23 pièces.

96 — Etudes de Têtes, Scènes d'intérieur, Costumes, d'après Leprince. 25 pièces en noir, à l'aqua-tinte et à la sanguine.

97 **Demarteau** et **Bonnet**. Fac-simile à la sanguine, d'après différents Maîtres. 25 pièces.

98 **Demouchy**. L'Amant dangereux, d'après B. Lang. Belle ép.

99 **Deneufforge** et **Delafosse**. Décorations d'Appartements, Vases, etc. 16 p.

100 **Diaz** (N.). La Veuve. — Imposture. — La Mort de peur. — Mieux vaut celle-ci. 4 pièces, lithographies originales.

101 **Dietrich**. Le Satyre chez le Paysan (Le Bl. 25), état non décrit, le Coq et le Panier mentionnés par Le Blanc, n'existent pas dans cette épreuve.

102 — Le Marchand de mort-aux-rats (58). Ép. très-rare, planche ayant été perdue.

103 — Les Baigneuses (62). Très-belle ép. du 2e état avant le n° 74.

104 — Le Rémouleur (63). Très-belle épreuve du
2ᵉ état, la planche non ébarbée.

105 — Le Marchand de tabletterie (64). Belle ép. du
4ᵉ état.

106 — Les Musiciens ambulants (72). Très-belle ép.
du 2ᵉ état avec le nº 69

107 **Divers**. Eaux-fortes, par Ch. Jacque, J. Jaque-
mart, Bonvin, Ribot, etc. 20 pièces.

108 — Eaux-fortes, par Paul Huet, Harding, d'après
Bonington. 9 pièces.

109 — Eaux-fortes, par Bracquemond, Chaplin, Vi-
comte Lepic, etc. 9 pièces.

110 — Eaux-fortes de Boissieu. — Fac-simile de
dessins, d'après différents maîtres. 15 pièces.

111 — Paysages et Animaux. 42 pièces.

112 — Estampes à l'eau-forte, au burin et sur bois.
Environ 150 pièces.

113 — Ornements français des époques Louis XV
et Louis XVI. 100 pièces.

114 — Ornements par Ducerceau, Cauvet, Babel,
etc. 6 pièces.

115 — Compositions de Coypel, Schénau, Collot,
etc. 16 pièces.

116 — Mars et Vénus. — Le Triomphe de Galathée.
— Le Naufrage de la Méduse, etc. 9 pièces.

117 — Paysages, Vues, Portraits, Sujets. 15 pièces
modernes gravées et lithographiées.

118 — Paysages et Marines à l'eau-forte. 18 pièces.

119 — Estampes des Écoles flamande et française.
15 pièces

120 **Doré** (Gustave). La Civilisation terrassant la Barbarie. Lithographie rare avec dédicace de l'auteur.

121 **Dorigny, Corneille, etc.** Vénus et Adonis. — Apollon et Pan. —Mercure, etc. 5 pièces.

122 **Duflos.** Le Triomphe de Galathée. — L'Hymen de Bacchus et d'Ariane, d'après A. Coypel. 2 pièces.

123 **Durand** (André). Vues lithographiées de Moscou, Hambourg, Kasan, Lubeck, etc. Figures dessinées par Raffet. 13 pièces.

124 **Durer** (Albert). La Vierge donnant le sein à l'enfant Jésus (B. 36). Bonne ép.

125 — Les Effets de la Jalousie (B. 73). Ancienne ép.

126 — L'Oisiveté (B. 76). 2 ép.

127 — La petite Fortune (B. 78). Très-belle ép.

128 — Le petit Courrier (B. 80). Belle ép.

129 — Estampes sur bois de la Passion, de l'Apocalypse, de la Vie de la Vierge, Armoiries et Portraits. 8 pièces, très-belles ép., la plupart avant le texte au verso.

130 **Durer** (D'après). Frédéric, électeur de Saxe. — Loth et ses filles, par Lucas de Leyde. 2 pièces.

131 **Dusart** (Corneille). Le Couple ivre (B. 7). Très-belle ép.

132 — La Ventouse (12). — Le Chirurgien de village (13). 2 pièces.

133 — La Fête de village (16). Très-belle ép. du 1er état.

134 — *Morceau non décrit.* Paysan à grande barbe, assis sur un tonneau près d'une cheminée à droite de l'estampe, il tient sa pipe de la main gauche, et, de la droite, prend avec une cuillère un breuvage que lui présente une vieille femme appuyée sur une béquille; derrière elle se voit un troisième personnage assis sur une chaise, vers la gauche, tenant un verre de la main gauche, il se retourne pour cracher. On lit dans le bas de la marge à gauche : *Corn : Dusart inv : et fec : J. Gole exc : cum Privil : Amstelodami.* A la manière noire.

135 École française du xviiie siècle. 50 pièces.

136 — Sujets gracieux. 18 pièces.

137 École flamande. Sujets de l'Ancien et du Nouveau Testament, de la Fable, par Marc Gérard, Heemskerck, Jérôme Wiérix, M. de Vos, Ph. Gall, J. Stradan, J. Le Clerc, Van Bockel, etc. Quelques suites complètes. Recueil factice. In-fol. contenant 338 pièces.

138 École italienne. Sujets divers, par An. Carrache, Guido Reni, Castiglione, etc. 13 pièces

139 — Compositions de Jules Romain, Michel-Ange, Salvator Rosa, etc. 9 pièces.

140 — Estampes par et d'après C. Schut, A. Carrache, Rossi, Bourdon, etc. 30 pièces.

141 Eisen (Charles). Les Désirs satisfaits, par Patas. Belle ép.

142 Enfantin. Croquis et Paysages à l'eau-forte. 6 pièces.

143 **Fragonard** (D'ap. H.). Le Verre d'eau, par Nic. Ponce. Très-belle ép. avant toute lettre. La planche n'est pas entièrement terminée.

144 — Ma Chemise brûle! par Aug. Le Grand. Très-belle ép. avant toute lettre.

145 — Le Serment d'amour, par Mathieu. Très-belle ép.

146 — Les Hasards heureux de l'Escarpolette, par Delaunay. Épreuve d'eau-forte. Rognée au trait carré.

147 **Fragonard** et **Carême**. Le Baiser dangereux. — Le Refus inutile. — Le Baiser amoureux. — Le Baiser napolitain. 4 pièces. Très-belles ép.

148 **Freudeberg**. Le petit jour, par Delaunay. Très-belle ép., un coin déchiré.

149 **Flamen**, Pérelle, Silvestre, Zeeman, Oiseaux, Vues, Marines, etc. 10 pièces.

150 **Fortuny**. La Victoire. Superbe et très-rare ép. avant la lettre. Sur chine.

151 **Gaultier** (Léonard). Le Jugement dernier, d'après Michel-Ange. Belle ép.

152 **Gavarni**. Son portrait. Très-belle épreuve du 2e état. (*Armelhault et Bocher, 6.*)

153 — Masques et Visages. Très-belles ép. avant la lettre, sur chine. 17 pièces.

154 — Masques et Visages, avec la lettre. 21 pièces.

155 — Lithographies tirées de diverses publications illustrées. 43 pièces.

156 **Géricault**. Le Postillon faisant boire ses chevaux. — Le Maréchal ferrant. — Mazeppa. — Passage du mont Saint-Bernard. 4 pièces. Très-belles et anciennes ép.

157 **Géricault** (D'ap.). Six dessins lithographiés en fac-simile, par A. Colin.

158 **Germain et autres**. Feuilles de têtes de différents caractères, etc. 4 pièces.

159 **Gessner** (D'ap. Sal.). Paysages de divers formats. 9 pièces.

160 **Ghisi** (George). Le Jugement de Pâris, d'après Baptiste Mantuan. Superbe ép. avec la planche ajoutée, portant cette inscription : *Quantum forma, fugax*, etc.

161 **Gilbert**. La Tentation, d'après Tassaert. Très-belle ép.

162 **Gillot** (Claude). Scènes de Sabbat. 2 pièces. Très-belles ép.

163 **Girardet** (Ab.) Le Coup de vent, d'après E. Le Bel. Très-belle ép.

164 **Godefroy**. Congé absolu. République française an III, d'après C. Vernet. Très-belle ép.

165 **Gole** (Jakob). Tabagies flamandes. On y voit des hommes caressant des femmes, (Le Bl. 107). Le Concert. 3 pièces.

166 **Goltzius** (Par et d'ap.). L'empereur Commode. — Les compagnons de Cadmus dévorés par un dragon. — Vénus et l'Amour sur des nuages. — Vénus à l'amour et aux plaisirs. — Peintre peignant une femme nue qui se regarde dans un miroir. — Une pièce de la Passion. 6 p.

167 — Hercule tuant Cacus (B. 231). Le Moulin (242).
2 pièces en clair-obscur. Très-belles ép.

168 — Allégories et sujets de la Fable. 14 pièces.

169 **Goudt** (H. Von.). Cérès changeant Stellion en
lézard, d'après Adam Elsheimer. Très-belle ép.

170 **Goya**. Un guitariste enlevé sur les cornes d'un
taureau. Très-belle ép.

171 — Une pièce inédite des Malheurs de la guerre.
Très-belle ép. Rare.

172 — Philippe IV, roi d'Espagne. — Isabelle de
Bourbon, sa femme, d'après Vélasquez. 2 pièces.

173 **Goyen** (Jan Van). Paysages en travers.
4 pièces.

174 **Grandville** (J.-J.). Caricatures politiques.
8 lithographies.

175 **Gunst** (P.-A.). Pluton et Proserpine. — Mars
et Vénus, d'après le Titien. 2 pièces.

176 **Guttemberg** (Carl). John Paul Jones, Com-
modore au service des États-Unis de l'Améri-
que ; d'après C.-J. Notté. Petit in-fol. Belle ép.

177 **Helman**. Le Charlatan français. — Le Charlatan allemand, d'après Bertaux. Très-belles ép.
avant la dédicace. 2 pièces.

178 **Hervier**. Sujets, paysages, marines, vues de
Paris. 20 pièces à l'eau-forte, dont une litho-
graphiée.

179 **Hillemacher** (Fr.) La Rosa. — La Grazia. —
Le confortable hollandais, d'après A. Van Stry.
3 pièces à l'eau-forte.

180 **Hollar**. Portraits, Paysage, Costumes. 6 p.

181 **Hopfer** (Jérome). Pièce emblématique sur la puissance de l'Amour. (B. 35). Très-belle ép.

182 **Hüet** (J.-B.). Un coin de Ferme. Eau-forte originale. Très-belle ép.

183 — Offrande à l'Amour, par Jubier. Aux deux crayons. Très-belle ép.

184 **Hugtenburgh** (Jean Van). Sujets de batailles, d'après V. Meulen. 3 pièces.

185 **Ingres**. L'Odalisque, lithographie originale, tirée sur papier jaune et rehaussée de blanc. Rare.

186 **Ingres** (D'ap.). La même pièce. — L'Angélique. 2 pièces lithographiées par Sudre.

187 — La Source, par Léop. Flameng. Très-belle ép. sur chine. Gr. papier.

188 **Isabey** (J. et E.) Marines et vues. 5 pièces lithographiées.

189 **Jacque** (Charles). Les Chanteurs. (Guiffrey, 25). Très-belle ép.

190 — Pointes sèches. N°s 213, 214, 218, 227, 229, 248, 251, 252, 259 du Catalogue de Guiffrey. 11 pièces, dont 2 doubles.

191 — Eaux-fortes anciennes, la plupart en ép. d'artiste. 74 pièces.

192 — Eaux-fortes sur grand papier, quelques-unes avec remarques. 17 pièces.

193 L'Orage. Prime de 1865. (G. 212 bis). Très-belle ép. avant le titre.

194 — Eaux-fortes publiées de 1865 à 1868. — 48 pièces.

195 — Les douze mois, sujets rustiques dessinés sur bois, gravés par Ad. Lavieille. Ancien tirage.

196 **Ch. Jacque** et **Mouilleron**. Le Printemps, grande lithographie. Très-belle ép.

197 **Janinet**. Ah ! laisse-moi donc voir ! d'après Lawrince. Très-belle ép. en couleur, rognée au trait carré et montée en dessin.

198 — Le char de Galathée. — Tarquin et Lucrèce. 2 pièces d'après Bouchardon et Eisen.

199 — Le Culte systématique. — Bacchus préside à la fête, d'après Carême. Très-belles ép. en couleur. 2 pièces.

200 — Le Rendez-vous comique, d'après Watteau. — La Félicité villageoise. — Ruines de Tivoli, etc. 6 pièces. En couleur.

201 **Jeaurat** (D'ap. E.). Les Citrons de Javotte, par C. Levasseur. Très-belle ép.

202 **Jeaurat** et **Courtin**. L'Amour coquet. — L'Amour médecin. 2 pièces.

203 **Jegher** (Chr.). D'après Rubens. — Suzanne et les Vieillards, estampe sur bois. Très-belle ép.

204 — Silène ivre, soutenu par deux Satyres. Très-belle ép. Dalila et Samson. 2 pièces.

205 **Johannot** (Tony). Jeune femme assise près de sa fenêtre, écoutant les propos d'un jeune homme. Eau-forte, in-4.

206 — Collection de 5 gravures sur chine avant la lettre, pour les Confidences, par Lamartine.

207 — Collection de 6 gravures sur chine avant la lettre, pour Raphaël, par Lamartine.

208 — Illustrations pour Werther, suite de 10 eaux-fortes sur chiné avant la lettre, grand papier.

209 — Vignettes pour les Contes de Ch. Nodier, suite de 8 pièces sur chine avant la lettre, grand papier.

210 **Johannot** (Alfred). 11 Vignettes pour le théâtre de Casimir Delavigne.

211 **Jordaens** (Jacques). Jupiter nourri par la chèvre Amalthée, par S.-A. Bolswert. Très-belle ép.

212 — Le Roi boit, par Paul Pontius. Très-belle ép.

213 **Lancret** (D'après Nic.). La Servante justifiée. — Le Midi, par de Larmessin. — Le Maître galant, par Le Bas. 3 pièces.

214 **Langlois** (E.-H.). Allégorie sur les faiblesses humaines, ou le Triomphe des abus. — Qui peut créer un monde avec une semence immonde? 2 pièces en forme de frises.

215 **Lassalle** (Émile). Vénus sortant de l'onde, d'après C.-J. Chaplin. Très-belle ép. sur chine avant la lettre.

216 — Pygmalion en extase devant sa statue, d'ap. J. Gigoux. Très-belle ép., avant toutes lettres. sur chine.

217 **Lawrince**. Les Nymphes scrupuleuses, par Vidal. Belle ép.

218 — Le Repentir tardif, par Le Vilain. Belle ép.

219 — Le Lever des ouvrières en mode, par Dequevauviller. Très-belle ép.

220 **Leblanc** (Th.). Croquis d'après nature, faits pendant trois ans de séjour en Grèce et dans le Levant. 15 lithographies.

221 **Lecœur**. Gare l'eau ! Très-belle ép. en couleur. Réduction in-4 des Amusements dang reux, par Voyez le jeune, d'après Touzé.

222 **Lebeau**. Marie-Antoinette, reine de France. In-12. Charmant petit portrait.

223 **Lempereur** (Lud.). L'Attente du Plaisir, d'après An. Carrache. Très-belle ép., avant la dédicace.

224 **Lemud** (Aimé de). La Bourse, pièce rare. — Moines se préparant à la confession. — Le Prisonnier. — Hoffman. — Mathieu Lænsberg, 2 ép. — Légende des frères Van Eyck, 2 ép. 8 pièces lithographiées. Très-belle ép.

225 — Enfance de J. Callot. — Maître Wolfframb. — Hélène Adelsfreit. 3 pièces superbes et rares.

226 **Lepautre** (Jean). Vases. 11 pièces.

227 — Sujets de bataille. 5 pièces.

228 **Le Roux** (Eugène). Lazare et le mauvais Riche', d'après Ad. Guignet. Très-belle ép. avant la lettre.

229 — Café sur le Bosphore, d'après Decamps. Très-belle ép. avant la lettre.

230 — La bataille des Cimbres, d'ap. le même. Très-belle ép. avant la lettre.

231 — Marphise, d'après Eug. Delacroix.

232 — Recrues arabes, d'après Bida.

233 — Les Cerises, d'après C. Roqueplan.

234 **Maître** *au monogramme du nom de* JÉSUS-CHRIST. Mascarons grotesques, 2 pièces. — La Renommée sonnant de la trompette, par Chérubin Alberti (B. 152). 3 pièces.

235 **Mallet** (D'après). Les Jeux de l'Amour, par Beljambe. 2 pièces en pendant. Très-belles ép. en couleur. Sans marge.

236 **Marceau** (Sergent). Marceau, né à Chartres, soldat à XVI ans, général à XXIII, mort à XXVII. In-fol. En couleur. Très-belle ép. Rare.

237 **Mechel** (Chrétien de). Le Triomphe de la Mort, d'après Jean Holbein. Première partie de l'œuvre de ce maître, avec texte. 48 sujets sur 12 feuilles.

238 **Meissonnier.** Le petit Fumeur. Très-belle ép. Rare.

239 — Paysages et sujets dessinés sur bois, gravés par Lavoignat. 5 pièces.

240 — (Daprès). Le Sergent recruteur, par Hédouin. — Le Liseur, par Ch. Carey. 2 pièces.

241 — La Halte, par Léop. Flameng. Très-belle ép. avant la lettre.

242 — Le Hallebardier. — Le Joueur de mandoline. — Les Critiques, etc. 5 lithographies, par C. Nanteuil et Mouilleron.

243 **Meryon** (Ch.). Son Portrait, par L. Flameng. Très-belle ép.

244 Meryon (Ch.). Galiot de Jean de Vij! de Rotterdam. — Bateau de Harlem à Amsterdam.— Pêcheurs de la mer du Sud. — Passagers de Calais à Flessingue (Burty, 10, 11, 12 et 13). 4 pièces. Très-belles ép. sur chine.

245 — Le Pont-Neuf et la Samaritaine de dessous la première arche du Pont-au-Change (18).
Très-rare épreuve du 1er état, avant toute lettre.

246 — Le Pont-au-Change vers 1784 (19).
Très-rare épreuve du 1er état, avant toute lettre et les travaux qui remplissent le vide de l'étau.

247 — Ancienne porte du Palais-de-Justice (31).
Très-belle épreuve du 2e état. Sur chine.

248 — Armes symboliques de la ville de Paris (33).
Très-belle épreuve.

249 — Le Stryge (35).
Superbe épreuve du 1er état décrit, avec les vers écrits en caractères gothiques. Sur chine.

250 — Le Petit-Pont (36).
Superbe et rare épreuve d'un premier état non décrit par M. Burty, avant le trait carré en bas, et les initiales C. M. dans l'angle supérieur droit; elle est signée au crayon *C. Méryon, 1850.* Sur papier du Japon.

251 — L'Arche du pont Notre-Dame (37).
Très-belle épreuve du 2e état. Sur papier du Japon.

252 — La Galerie de Notre-Dame (38).
Superbe épreuve du 1er état. Sur chine.

253 — La Tour de l'Horloge (40).
Superbe épreuve du 1er état. Sur papier du Japon.

254 — Tourelle de la rue de la Tixeranderie (41).
Superbe épreuve du 1er état. Sur papier du Japon.

255 — Saint-Étienne-du-Mont (42).
Superbe épreuve du 1er état. Sur papier du Japon.

256 Meryon (Ch.). La Pompe Notre-Dame (43).

Très-belle épreuve du 2ᵉ état. Sur chine.

257 — La petite Pompe (44).

Très-belle épreuve du 2ᵉ état.

258 — Le Pont-Neuf (45).

Superbe et rare épreuve du 1ᵉʳ état, décrit. Sur papier de Chine.

259 — Le Pont-au-Change (46).

Superbe épreuve du 1ᵉʳ état, avec le ballon portant le mot : *Speranza*.

260 — La même pièce.

Etat intermédiaire entre le 3ᵉ et le 4ᵉ décrits, par M. Burty ; avec ce titre : *Le Pont-au-Change*. Le ballon remplacé par le croissant de la lune, avec les oiseaux de proie, comme dans le 3ᵉ état décrit, mais avec le Monogramme et avant le n° 16.

261 — La Morgue, 1850 (48).

Très-belle épreuve du 2ᵉ état.

262 — L'Abside de Notre-Dame de Paris (50).

Superbe épreuve du 2ᵉ état.

263 — Le Tombeau de Molière (51).

Très-belle épreuve sur Chine.

264 — Tourelle, rue de l'École-de-Médecine, 22 (53).

Ép. de la *Gazette des Beaux-Arts*.

265 — La rue des Toiles à Bourges (56).

Superbe épreuve de 1ᵉʳ état. Sur la cheminée de la première maison, à droite, on lit : 1853, et sur un écusson à l'angle gauche du haut de la fenêtre du rez-de-chaussée de la même maison, la lettre *M*. M. Burty ne fait pas mention de ces indications. Sur papier du Japon.

266 — La Pompe Notre-Dame. — Partie de la Cité de Paris, vers la fin du xvııᵉ siècle. — Ministère de la Marine. — Passerelle du Pont-au-Change. 4 pièces.

267 **Meyeringh**(A.). Paysages en hauteur. 3 pièces.

268 **Millet** (J.-F.). Mère donnant la bouillie à son enfant. Ép. d'artiste avant : *Gazette des Beaux-Arts*.

269 — Dessins sur bois, gravés par Lavieille. 10 pièces.

270 — Les Glaneuses. — La Batteuse de beurre. — Femme cousant. — Villageois charriant du fumier. 4 eaux-fortes.

271 **Millet, Daubigny, Ch. Jacque, Rosa-Bonheur**. Dessins sur bois, gravés par Lavieille. 7 pièces sur chine.

272 **Moreau** (D'après J.-M.). Abeilard subissant la castration, par Langlois. In-4. Très-belle ép. avant la lettre.

273 **Morghen** (Raphaël). La Jurisprudence, d'après Tofanelli. — La *Madona del sacco*, d'après André del Sarte. — La Poésie, d'après Raphaël. 3 pièces. Très-belles ép.

274 **Morin** (Jean). Pierre Berthier (R. D., 44). — Théophile Brachet de la Milletière (48). — Jérôme Franck (52). — Honorine Grimberghe, comtesse de Bossu (56). — Henri de Lorraine, comte d'Harcourt (57). — Pierre Maugis des Granges (67). — J.-B. Amador de Vignerod, abbé de Richelieu (85). — François Ier, roy de France, par Nic. de Plate-Montagne. 8 pièces. Très-belles ép.

275 **Mouchy** (De). L'Écueil de la Sagesse, d'après Hoin. Tirage moderne.

276 **Mouilleron**. André Vésale, d'après E. Hamman. Très-belle ép. avant la lettre.

277 — L'Écu de France, d'après Isabey. Ép. tirée
avec un *cache-lettres*.

278 — Art et Liberté, d'après L. Gallait. Très-belle
ép.

279 — Les Saltimbanques, d'après J. Stevens. Très-
belle ép.

280 — Incendie d'un quartier juif, d'après Robert-
Fleury. Très-belle ép.

281 — La Ronde de nuit, d'après Rembrandt. Très-
belle ép.

282 — Mort de Christophe Colomb, avant la lettre.
— Charles-Quint ramassant le pinceau du Titien. — Jeune femme les pieds dans l'eau,
avant la lettre. 3 pièces d'après Robert-Fleury.

283 **Mouilleron** et **K. Bodmer**. Un coin de jardin, charmante composition. Très-belle ép.

284 **Müller** (J.-G.). Louise-Elisabeth-Virginie Le
Brun, d'après elle-même. Très-belle et ancienne
ép. avec marge.

285 **Nanteuil** (Robert). Anne d'Autriche, reine de
France (R. D. 23). Buste fort comme nature.
Très-belle ép.

286 --- Michel Letellier (132). — Charles-Maurice
Letellier (139).—Fr. de La Mothe Le Vayer (143).
3 pièces, très-belles ép.

287 **Nanteuil** (Célestin). A tous les peuples ! La
liberté fera le tour du monde.

288 **Ostade** (Adrien Van). Le Fumeur à la fenêtre
(B. 10). La Tendresse champêtre (11). Très-belles
ép. 2 pièces.

289 — Le Coup de couteau (18). La Chanteuse (30). 2 pièces, très-belles ép.

290 — La Fileuse (31). Très-belle ép. tirée avant que le trait carré n'ait été renforcé. *Collection Camberlyn*.

291 — Le Goûter (50). Très-belle ép. tirée avant divers travaux, notamment la contre-taille diagonale sur le châssis de la porte d'entrée de la maison.

292 **Oudry** (J.-B.). Chasse au renard. — Chasse au loup, par Huquier, d'après Oudry. — Autre par Joullain, d'après F. Desportes. Très-belles ép. 3 pièces.

293 **Parrocel** (Joseph). Combat donné au passage du col de Bagnols, le 4 juillet 1677. Très-belle ép.

294 **Parrocel** (Charles-Joseph et Pierre). Différents sujets à l'eau-forte. 15 pièces.

295 **Passe** (Crispin de). Abraham et Sarah. — Joseph et Putiphar. Mars et Vénus, par Collaert, d'après M. de Vos. 3 pièces.

296 **Pater** (D'après). Mme Bouvillon, pour tenter le Destin, le prie de lui chercher une puce, par L. Surugue. — Le poëte Roquebrune rompt la ceinture de sa culotte, par Edme Jeaurat. 2 pièces. Très-belles ép.

297 **Pencz** (George). Joseph vendu par ses frères. — Joseph et Putiphar (B. 11-12). — Thétis et Chiron (B. 90). 3 pièces.

298 **Picart** (Bernard). L'Hymen de l'Amour et Psyché. 2 vignettes. Très-belles ép.

299 **Pierre** (J.-B.-Marie). Différents sujets à l'eau-forte. 6 pièces.

300 **Pirodon**. Samson massacrant les Philistins, d'après Decamps. Très-belle ép.

301 **Porporati**. Suzanne au bain, d'après San-terre.—Le Coucher, d'après J. Vanloo. 2 pièces. Très-belles ép.

302 **Portrait** de Béranger, assis dans un jardin. Très-belle ép. d'artiste avec les retouches du graveur.

303 — De Thomas Mori, fac-simile à la plume de l'estampe de Jean Valdor. Dessin d'une exécution parfaite.

304 **Portraits** de Voltaire, Léonard de Vinci, Ph. de Champagne, lord Byron, Marie Stuart, etc. 19 pièces gravées et lithographiées.

305 — De George Sand, Bernardin de Saint-Pierre, B. Franklin, Lepelletier, Louis XVI, Louis XVIII, etc. 12 pièces.

306 — Français et étrangers. 47 pièces.

307 **Quando**. Charges lithographiées à la plume. 4 pièces.

308 **Raffet**. Combat d'Oued-Alleg. Superbe ép. Rare,

309 — Combat d'Oued-Alleg. — Retraite du bataillon sacré à Waterloo. 2 pièces. Très-belles ép. Rares.

310 — La grande Revue. Très-belle ép. d'un premier tirage.

311 — La même pièce, d'un tirage postérieur.

312 — Le Réveil. Très-belle ép. sur grand chine.

313 — La même pièce, le chine de la dimension de la composition.

314 — Retraite et prise de Constantine. Très-belles ép. du 1er tirage. 18 pièces.

315 — Souvenirs d'Italie, expédition de Rome. 29 pièces. *La planche 15 manque.*

316 — Épisodes des révolutions de 1793, 94, 95 et 1830. 12 pièces.

317 — Voyage en Crimée. 43 pièces, très-belles ép.

318 — Bonaparte couronné par la Renommée. — Bataille de Fleurus. — Le Rêve. — Infanterie polonaise marchant à l'ennemi, etc. 10 pièces.

319 — Pièces tirées de différents albums. 91 pièces. Formera 4 lots.

320 — Le Réveil. — La grande Revue. 2 pièces.

321 **Redouté**. Bouquet de fleurs. Charmant petit dessin à l'aquarelle sur peau de vélin.

322 **Reguesson** (Nicolas). La Duchesse de Longueville, d'après F. Chauveau. Très-belle ép.

323 **Rembrandt**. Son portrait appuyé (Cl. 21). Copie ancienne par F. Novelli. Très-belle ép.

324 — Agar renvoyée par Abraham (Cl. 37). Bonne ép.

325 — Joseph et la femme de Putiphar (43). Très-belle ép.

326 — L'Ange qui disparaît devant la famille de Tobie (47). Très-belle ép.

327 — Le Retour de l'enfant prodigue (95). Très-belle ép.

328 — La Synagogue des Juifs (128). Très-belle ép.

329 — Vieillard à barbe carrée (309). Très-belle ép.

330 **Rembrandt**. Joseph racontant ses songes (44). — La Samaritaine (75). — La Faiseuse de kouks (126). 3 pièces.

331 — La Pièce de cent florins (Cl. 78). Ép. avant la retouche du capitaine Baillie. Collée en plein.

332 — La mort de la Vierge (Cl. 102). Très-belle ép. Collée en plein.

333 — Sujets de l'ancien et du Nouveau Testament, etc. 20 pièces, ép. anciennes.

334 — Sujets du Nouveau Testament. Originaux et copies. 25 pièces.

335 — Portraits. 9 pièces.

336 — Sujets divers. Originaux et copies. 49 pièces.

337 — Portraits, Originaux et copies. 36 pièces.

338 **Rethel** (A.). Le Triomphe de la mort pendant la révolution de 1848, en Allemagne. Suite de 6 pièces sur bois.

339 — La Mort douce. — La Mort violente. 2 pièces sur bois.

340 **Ribéra** (Joseph). Le martyre de saint Barthélemy (B. 6). Belle ép.

341 **Riehomme** (J.-T.), Adam et Ève, d'après Raphaël. Très-belle ép. encadrée.

342 **Rodermont**. Jean second. Très-belle ép. d'un portrait rare.

343 **Roger** (B.). La Grotte d'après Prud'hon. Très-belle ép. avant la suppression de la tablette. — La même, la tablette supprimée. 2 pièces.

344 — Daphnis et Chloé. — Aminte. — Abrocome et Anzia, etc. 6 pièces. Très-belles ép.

345 — Directoire exécutif, en-tête d'après **Naigeon**.
Très-belle ép.

346 **Romanet** (A.). Le sommeil de Vénus, d'après
Le Titien. Très-belle ép. avant la lettre.

347 **Rowlandson**. The Sculptor.—Grog on Board.
2 pièces, dont une coloriée.

348 **Rubens** (D'après P.-P.). La Pêche du poisson.
(Basan 44, du Nouveau Testament). Très-belle
ép. sans nom de graveur.

349 — Vénus allaitant les amours, par C. Galle
(B. 44 des sujets de la Fable). Très-belle ép.

350 — Bacchanale où se voit un Faune ivre, par
Franc. Wyngaerde (B. 53 des sujets de la
Fable).

351 — Bacchus ivre, soutenu par un Satyre, et par
un Maure. *P. Soutman ex.* (B. 58 des sujets de la
Fable). Très-belle ép.

352 — Silène ivre, soutenu par une Satyre et par
une nègresse. P. Soutman *effigiavit*. (B. 64 des
sujets de la Fable). Très-belle ép.

353 — Paysage sur le devant duquel on voit plusieurs hommes et femmes qui folâtrent ensem-
ble. (B. 27 des différentes suites, n° 15 de la
suite). Très-belle ép.

354 — Le Jardin d'Amour, par L. Lempereur. (B.
40 des Allégories, etc). Très-belle ép.

355 — Marche de Silène, par Delaunay. Très-belle
ép.

356 — Le Satyre et la Nymphe, par Alex. Voet. —
Silène ivre, soutenu par une Satyre et une
nègresse, par P. Soutman. — etc. 4 Pièces.

357 **Rue** (De la). Divers Sujets militaires. 13 pièces . l'eau-forte.

358 **Saint-Aubin** (Aug. de). L'Amour à l'espagnole, d'après J.-B. le Prince. Très-belle ép. avant la dédicace.

359 — Jupiter et Léda, d'après Paul Véronèse. Très-belle ép, avant la lettre.

360 **Saint-Non.** Nymphes et Tritons, d'après Boucher, à l'aqua-tinte.

361 — Petits Paysages ovales en hauteur. Suite de 6 pièces.

362 — Paysages en travers d'après Leprince. 9 pièces.

363 **Saint-Quentin.** Quatre Vignettes avant la lettre de la 1re suite du Mariage de Figaro. *La planche V manque.* Très-rare.

364 — 5 Portraits différents de Beaumarchais et 5 Vignettes pour ses œuvres. 10 pièces.

365 **Sayer** (publié par). L'Instant de la gaîté. — La Perte irréparable. 2 pièces.

366 **Schall.** La Comparaison, par Bouillard. Tirage moderne.

367 **Scheffer** (Ary). Allons !.. Très-belle ép. Sur chine.

368 **Schmidt** (G.-F). Maurice Quentin de la Tour. d'après lui-même. (Jacoby 89). Superbe ép.

369 — Le Portrait d'une jeune femme (123). Très-belle ép.

370 — Le Prince de Gueldre menaçant son Père (137). Très-belle ép.

371 — Le Portrait de Schmidt avec l'araignée (141)
Superbe ép.

372 — Le Portrait de Mᵉ Schmidt, (142). Très-belle
ép.

373 — La Mère de Rembrandt, (152). Superbe ép.

374 **Schut** (Corneille). Le Temps enlevant la Vérité;
— La sainte Famille; — L'Arithmétique. 3 p.

375 **Sixdeniers**. Ne Regardez pas, d'après Deveria,
— Le Zéphyr, d'après Prud'hon, 2 pièces.

376 **Smith** (J). Héloïse et Abeilard, d'après R. Cos-
way. Très-belle ép.

377 **Soulange-Teissier**. Prairies normandes. —
— Bruyères des Pyrénées, d'après Rosa Bon-
heur. 2 pièces.

378 **Surugue** (Louis). Le Mardi gras, d'après
Sandrart. Très-belle ép.

379 **Tassaert** (J.-J.-F). La Nuit du 9 au 10 thermi-
dor an II, d'après le cit. F.-J. Harriet.

380 **Teniers** (D'après). Intérieur de Ferme. — La
Tentation de saint Antoine. — La Mare aux
Canards, par Le Bas. 3 pièces.

381 **Tiepolo** (J.-B). 11 pièces de son œuvre.

382 **Traviès** (C.-J). Caricatures politiques. 8 lithographies.

383 **Velde** (Jean-Van de). Une Scène du sabbat.
Belle ép.

384 **Vernet** (Carle) et **Gros**. 4 lithographies.

385 **Vernet** (Horace). Sépulture de Raphaël d'Ur-
bin. — Le Rendez-vous. — La Réconciliation.
— Tiens ferme. — Chasse au Marais, etc.
19 lithographies.

386 **Vidal** (D'après Monnet). Jupiter et Antiope.

387 — Le Roi d'Ethiopie abusant de son pouvoir.

388 — Salmacis et Hermaphrodite.

389 — Jupiter et Io.

390 — Les Baigneuses surprises.

391 — La Surprise agréable. (Ces six pièces sont en bonnes ép.) et à grandes marges.

392 **Vien** (Joseph). Loth et ses filles. Très-belle eau-forte.

393 **Vignettes** pour les OEuvres de Shakspeare. Vues et Intérieurs d'appartement. 43 pièces anglaises. *Provient de la vente Armand Bertin.*

394 — Suite complète de 77 Vignettes par Edwards et Dance. Très-belles ép. *Rare.*

395 — 32 Vignettes d'apès Loutherbourg, Smirke, Stodhart, etc. Plusieurs avant la lettre.

396 **Vignettes** pour Victor Hugo. Suite complète de 7 pièces sur Chine pour les Poésies, par Steinhel, Bayalos et A. Colin.

397 — 24 Vignettes sur Chine, pour le théâtre, par Tony Johannot, Louis Boulanger, Raffet, Ca-mille Rogier, etc. Quelques-unes avant la lettre.

398 **Vignettes** de Eisen, Gravelot, Moreau, Raffet, etc. 16 pièces anciennes et modernes.

399 — Par Eisen, Marillier, Moreau, etc. 16 pièces.

400 — Historiques et Allégoriques de la Révolution de 1789. 8 pièces.

401 **Vischer** (Corn). La Bohémienne. Très-belle ép. du 1er état.

402 — L'Antiquaire. Très-belle ép. du 1er état, avant toute lettre.

403 **Vliet** (J. Van). Loth et ses filles, d'après Rembrandt. (Cl. 1). Bonne ép.

404 — Différents Gueux ou Mendiants. Suite de 10 pièces. (Cl. 73-82). Les n°s 78 et 82 manquent. Les n°s 79 et 80 sont doubles.

405 **Waterloo**. Paysages appartenant à différentes suites. 16 pièces.

406 **Watteau** (d'après Ant.) Le Docteur, par B. Audran. Très-belle ép.

407 — Comédiens italiens, par Baron. Belle ép.

408 — Le Bosquet de Bacchus, par C. N. Cochin. Belle ép.

409 — Le Lorgneur. — La Lorgneuse, par G. Scotin. 2 pièces. Très-belles ép.

410 — Pomone, par Boucher. — Le Sommeil dangereux, par Liotard. — *Voulez-vous triompher des Belles...* par Thomassin. 3 pièces.

411 — *Sous un hobit de mézetin....* par Thomassin. — Le Rendez-vous. - L'Aventurière, par B. Audran. — Bon Voyage, par le même. — Retour de Guinguette, par P. Chedel. 6 pièces.

412 Eaux-fortes tirées du Livre de Boucher. 48 pièces.

413 **Wille** (Jean-Georges). Mort de Cléopâtre, d'après Gaspard Netscher.

Vve Renou, Maulde et Cock, impr. de la Cie des Commissaires-Priseurs, rue de Rivoli, 144.   40614

9 782329 398624